KB120093

향나무 아파트

향나무 아파트

초판 1쇄 인쇄일 2016년 11월29일
초판 1쇄 발행일 2016년 12월02일

지은이 양순진
펴낸이 양옥매
디자인 황순하
교 정 조준경
그 림 제주도 아이들

펴낸곳 도서출판 책과나무
출판등록 제2012-000376
주소 서울특별시 마포구 방울내로 79 이노빌딩 302호
대표전화 02.372.1537 팩스 02.372.1538
이메일 booknamu2007@naver.com
홈페이지 www.booknamu.com
ISBN 979-11-5776-322-1(03810)

이 도서의 국립중앙도서관 출판시도서목록(CIP)은 서지정보유통지원 시스템
홈페이지(http://seoji.nl.go.kr)와 국가자료공동목록시스템
(http://www.nl.go.kr/kolisnet)에서 이용하실 수 있습니다.
(CIP제어번호 : CIP2016028641)

*저작권법에 의해 보호를 받는 저작물이므로 저자와 출판사의 동의 없이 내용의 일부를 인용하거나
  발췌하는 것을 금합니다.
*파손된 책은 구입처에서 교환해 드립니다.

향나무
아파트

〈 양순진 동시집 〉

· 시인의 말 ·

안녕, 아이들아! 오래오래 만나면서 맘껏 해 주지 못한 오랜 숙제를 푸른 향기 솔솔 나는 동시집 『향나무 아파트』로 대신한다.

내가 부르는 '아이들'이란 내 안의 동심, 즉 나의 어린 시절, 친구들, 어릴 때부터 이미 어린 선생님에게 해 주던 득실득실한 조카들, 내가 어른이 되어서도 늘 어린 막내로 살게 해 준 언니 오빠들, 어느 날 뚝딱 사라져 버린 어린 시절을 다시 느끼게 해 준 나의 딸과 아들, 내가 독서논술을 가르치는 미치도록 사랑스러운 제자들을 말한단다. 동시를 쓰면서 늘 함께 살고 함께 노래하고 함께 춤추고 함께 울어 주기도 하는 내 안의 또 다른 존재들이거든.

특히나 처음 만났던 서귀포 보목초 아이들, 지금은 내가 몸담고 있는 제주중앙초 아이들과, 곽지과물해변이 있는 아름다운 학교 곽금초 아이들이 가장 가까이 있는 소중한 꽃이고 별이고 새지. 나는 매일 그 꽃향기에 취하고 별빛에 물들고 새 소리에 귀 먹곤 해. 아이들의 모든 몸짓이 나의 영감(靈感)이 되고 언어가 되고 시(詩)가 된단다.

사실 두 학교 교목이 향나무거든. 그래서 운명처럼 향나무를 유심히 관찰하게 되었지. 그것이 '향나무 아파트'라는 시를 탄생시킨 첫 뿌리임을 고백할게.

하지만 그냥 시가 되는 건 아니란다. 매일 독서를 하고, 오름과 바다와 숲 등 자연을 체험하고 느끼며 많은 생각을 하고, 매일 일기를 쓰고, 목적 있는 기록들을 하지. 단어 하나가 문장이 되고, 문장들이 모여 문단이 되고, 그렇게 멋진 글이 탄생하듯 깊은 관찰, 특별한 수사법, 순수한 어린이 마음이 깃든 철학이 어우러져 한 편의 동시가 빚어지는 법이지.

그런 나의 흔적들을 모은 첫 동시집 『향나무 아파트』는 나의 생활이고 꿈이고 이상이며 미래란다. 내 시 속에 나오는 아이들 서은, 민서, 시후, 미래, 은영이, 은수는 모두 함께하던 아이들 이름이다. 너무나 사랑스러워 다시 불러 보고픈 이름이다. 언제까지나 내 가슴속에 별로 빛날 이름들이란다.

그리고 무당벌레, 하늘소, 자라, 고양이, 햄스터는 물론 아기별꽃, 코딱지풀, 봄까치꽃, 나육, 매화꽃, 벚나무 모두 함께했던 동식물이다. 나에게 닿는 것은 모두 내 친구가 되고 소중한 보석이 된단다.

그 보석들을 「향나무 아파트」, 「심장은 참 힘들겠다」, 「매화꽃 마을」, 「무당벌레의 꿈」, 「섬이 보이는 교실」 등 100여 편의 시에 담아 5부로 나누어 엮었다. 다른 동시집에 반해 내 동시집이 의미 있는 건 일러스트가 유명 화가가 아닌 내가 가르치는 아이들의 손때 묻은 그림이라는 점이지. 그동안의

추억을 한데 모아 세상에 선보이는 데 가슴이 뿌듯하고 기쁨의 눈물도 흐른다. 오랜 노력의 결실이니, 그 마음 알겠지?

제주도 아이들아!

길만 나서면 눈부신 제주 자연의 광경에 얼마나 가슴이 벅찬지 너희들도 함께 느껴 보렴. 게임, TV에만 영혼을 바치지 말고 도서관, 오름, 바다, 숲에서 두뇌를 맡기며 폐활량을 높이자. 그러면 너희들 미래는 한층 밝아지지. 그리고 지금 이 순간부터 너희들 생각과 상상력을 발휘해서 하루에 한 편씩 동시를 쓰기로 약속하자.

다음에는 더 좋은 동시로 너희들 앞에 나설게. 그때까지 '양순진 시인'을 잊지 말길…….

나에게 아동문학이라는 새 문을 열어 주신 고운진 선생님, 장영주 선생님께 이 자리를 빌려 감사의 말을 전합니다.

차례

· 1부 ·
향나무 아파트

· 2부 ·

심장은 참 힘들겠다

·5부·
섬이 보이는 교실

1부

향나무 아파트

의자

한 번은
나뭇잎이 와서 앉고

한 번은
휘파람새 앉다 가고

한 번은
바람이

한 번은
하얀 눈이
머물다 간다.

오늘은
할머니와 지팡이
나란히 앉아 있다.

의자 (곽금초 2학년 홍지효)

뭉게구름

산 너머에서 오느라
힘들었겠다.

바람 피해 오느라
쉬지도 못하고
참 다리 아프겠다.

흩어질까 봐
서로 어깨동무하고
참 따뜻했겠다.

뭉게구름 (제주중앙초 5학년 송유빈)

내 머리 위에
산토끼
다람쥐
노루귀꽃
산타 할아버지
은행잎

손 흔들며
가지런히
웃고 있다.

아기별꽃

어쩌면 이렇게 자그마할 수 있을까.
어쩌면 이렇게 자그마한 뿌리로
우주에 뻗을 수 있을까.

잎 사이사이 삐져나와
미소 짓는 무수한 아기별들
저마다 달고 나온 사연들
궁금해.

파랗게 파랗게
하얗게 하얗게
빛나는
우주의 별 내려와
창가마다 퍼진다.

너희들의 하늘은
땅이었구나.

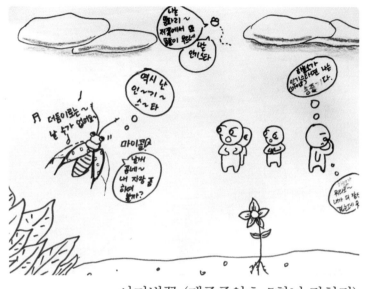

아기별꽃 (제주중앙초 5학년 김현진)

하늘에서 떨어진 무수한 유성들이
별의 씨앗 되어
아기별꽃 피웠나 봐.

파랗게 파랗게
하얗게 하얗게

그루밍

아침밥 먹고
세수를 한다.

엄마가 아가에게
아가가 엄마에게
서로 씻겨 준다.

점심밥 먹고
속삭인다.

아빠가 아가에게
아가가 아빠에게
마음에서 마음으로

저녁밥 먹고
자장가 불러 준다.

그루밍 (제주중앙초 5학년 김현진)

언니가 동생에게
동생이 오빠에게

사랑한다
믿는다
구석구석 핥아 준다.

우리가 악수하듯이
껴안듯이
등 두드려 주듯이.

파도타기

푸른 악어 떼 우루루 몰려온다.

몸을 가뿐히 낮추고
휙 날아서 악어 등 위로 올라탄다.

악어 등은 해적선처럼 아슬아슬해
하늘과 구름과 바람과 동맹 맺고

얍!
다시 얍얍!

반복되는 제압에 항복할 줄 알았는데
점점 거세어지는 악어의 하얀 이빨

노을이 심판 내리기 전까지
불붙은 악어와 한판

악어 떼 물러가자
온몸엔 푸른 멍

악어는 떼어 냈는데
바다가 내 몸에서 떨어지지 않는다.

파도 타기 (곽금초 4학년 홍연희)

향나무 아파트

층층이 향기를 달고 살아요.
층층이 바람을 달고 살아요.

층층이 초록 대문
초록 지붕
초록 유리창
손 닿는 곳마다
초록이 묻어나요.

향나무 아파트 (제주중앙초 5학년 박지선)

울 할머니 다녀가시면
할머니 머리카락도 초록으로
변할까요?

우리 반 짱 서은이 질투하는
이 시커먼 마음도
초록이 될까요?

향나무 아파트에 살게 되면
욕심쟁이도
도깨비도
착해질 것 같아요.

향기에 씻겨서
바람에 씻겨서.

시소의 마음

할머니는 한 번만, 하고
아이는 한 번 더, 하고

할머니는 힘들어, 하고
아이는 아이 좋아, 하고

시소는
이러지도 저러지도
못하고

시소의 마음 (곽금초 2학년 김채은)

외팔이 나무 (곽금초 3학년 김민찬)

외팔이 나무

팔 하나로 호수 지키는
팔 하나로 마을 지키는
외팔이 나무*

총보다 무서워서
칼보다 무서워서
덤비지 못하는
호수 속 괴물

오늘도 졸린 눈 비비며
마을 위해
호수 위해
팔 하나로 보초 서는
외팔이 나무

우리 외할아버지 같다.

* 중국 장해라는 호수에 있는 나무

유리창 액자

우리 교실 벽엔
풍경화 몇 점 있다.

특별한 점은 수시로 변한다는 것.

오늘은 푸른 하늘에 흰 구름 걸려 있고
두 그루 은행나무 사이
향나무 끼어 놀고 있다.
또 그 아래 화단 무대엔
붉은 양귀비와 분홍 수국
발레복 입고 춤추고 있다.

관중은 참새와 나비 떼
박수 소리 울려 퍼진다.

나도 어느새 그림 속으로 들어가
사랑초 되어
방긋방긋 웃고 있다.

유리창 액자 (곽금초 2학년 김미현)

내일은 분홍빛일까, 푸른빛일까?
우리 교실은 가장 멋진 갤러리

햄스터야, 천왕성 가자

노란 쳇바퀴가
햄스터 부른다.

쳇바퀴 오르려고
한 번 두 번
미끄러지고

한 번 두 번
바둥거리다가

쳇바퀴 품으로
포- ㄹ -짝

쳇바퀴는
기다렸다는 듯이
돈다, 돌아간다.

햄스터야, 천왕성 가자!

햄스터야, 천왕성 가자 (곽금초 6학년 강지혁)

둘이
명왕성 가려는 듯
천왕성 가려는 듯
안드로메다 가려는 듯

돈다, 돌아간다.
빨리도 돈다.

나란히

나란히 나란히
사려니 숲길 초록 나무들

나란히 나란히
칠순 넘은 어머니와
쉰 넘은 아들 맞댄 어깨

나란히 나란히
어머니와 아들 속삭이는 이야기
귀 기울이는
새와 햇살들

"어머니, 봄볕 참 좋죠?"
"그래, 저 연둣빛 참 좋다."

나란히 (곽금초 2학년 고희선)

무꽃

무꽃 피었다.

옆집 할머니 이사 가기 전
텃밭에 심어 놓은 무
굵은 줄기와 잎 덧자라
무꽃 피었다.

땅속 무는 세상도 못 보고
할머니 기다리며
제 몸 가득 나비꽃 달아
할머니에게 날려 보내려는 걸까.
오라고 오라고 손짓하는 걸까.

살아 계시면
무 데려 가려고 올 것인데
무릎 저리고 허리 아프셨나.
해마다 쑥 무 뽑던 두 팔
너무 마르셨나.

할머니 흰머리 꽃
푸른 멍든 꽃
할머니 손길 기다리며
키만 커 가는 할머니바라기꽃

텃밭 가득 나풀나풀
온통 나비 떼
이사 간 할머니 찾아 날아가는 중

무꽃 (중앙초 5학년 송유빈)

돌돌이를 찾습니다

버스 정류장 한 켠
애절하게 걸려 있는 종이 한 장

돌돌이를 찾습니다

이름: 돌돌이
나이: 2살
성별: 암컷
견종: 믹스견
특징: 흰색, 밝은 갈색
     털은 거의 없음
     귀가 크고 접혀 있음
     겁이 많음
     사람 피해 숨어 있을 가능성 큼

돌돌이를 찾습니다 (곽금초 2학년 김미현)

갑자기 우리 반 영이가 생각났다.
매일 친구들 슬슬 피해
맨 뒷자리에서 꼼지락거리는
외톨이

누가 손 내밀면
반려견처럼 덥석 안길
친구

오늘 학교 가면
내가 먼저 손 내밀고
옆자리 줘야겠다.

죄책감

학교 가는 길모퉁이 집
돌담 너머 길가로
길게 늘어뜨린 가지

쩍 갈라진 무화과 한 개
빠알간 손 흔들며 나를 유혹한다.

침 꿀꺽 고여
무화과나무 주변
두리번거리다

주인 할머니 헛기침 소리
돌담 넘어와도
대담하게
에잇, 따 버린 무화과

남몰래 골목길에 숨어
한 입 한 입 베어 먹는데

죄책감 (곽금초 5학년 현명빈)

가슴은 쿵쾅쿵쾅
혓가시 따끔따끔

집으로 돌아가는 길
한숨 소리
그림자보다 길다.

청포도 물방울

참 따뜻하겠다.
모두 어깨동무하고 있어서

누가 떼어 놓으려 해도
뭉친 힘 못 당해
어림없겠다.

비가 와도 젖지 않겠다.
연둣빛 둥근 우산들
펼쳐져 있어서

빗물도 연둣빛으로
방울방울 맺혀
누가 청포도인지
누가 빗물인지
몰라보겠다.

톡톡톡
땅으로
입안으로
터지는
물방울들

가장 멋진 하모니

청포도 물방울 (곽금초 2학년 이현이)

여름 민들레

여름 내내
거리는 찜통

사람들 나무들
구름도 헉헉

개미들도 먹이 모으다 말고
제 집으로 쏘옥 피신 갔는데

설설 끓는 시멘트 틈
애써 삐죽삐죽 삐져나와
노란 웃음 짓는 민들레

겨울 이겨 내
봄을 노래하던 끈기

찜통 여름 이겨 내
가을을 선물하려는 건지

여름 민들레 (곽금초 3학년 장수미)

이마의 땀 닦아 내며
연둣빛 잎은 더 꼿꼿이
미소는 더 예쁘게
노
랑
노
랑

비 냄새

누가 튀김 요리 하나?
지글지글
번지는 고소한 냄새

주방으로 뛰어갔더니
엄마는 없고

옆집으로 놀러 갔더니
친구도 없고

뭐지,
엄마 냄새
친구 냄새
몰고 오는
이 냄새의 정체는?

비 냄새 (곽금초 1학년 이시현)

코끝에
두 손에
마음속까지
점령하고 마는
향긋함

참 따뜻하다.

나무의 힘

한 그루 나무가
산을 만들고

한 그루 바오밥나무가
아프리카를 살려요.

한 그루 나무가
바위 뚫어 뻗고
무덤 뚫고
자신 일으켜요.

나는 나
무 한 그루

나무의 꿈처럼
산이 되고
아프리카 되고
지구의 숨골
되려고요.

나무의 힘 (곽금초 2학년 김우혁)

텃밭의 아침

큰딸 고추가
동생들을 깨운다.

"얘들아, 일어나, 아침이야!"

파릇파릇 깨어나는
상추
가지
오이

"아함, 오늘 아침밥은
햇살이야, 빗물이야?"

"골라 먹어, 오늘은 뷔페야!"

텃밭의 아침 (제주중앙초 5학년 송유빈)

햇살이 빨래에게

빨래가 햇살을 부른다.
함께 놀자고

햇살이 빨래 옮겨 가며
간지럽힌다.
아가 옷
아빠 잠옷
엄마 원피스겨드랑이 간질간질

오후 내내 소란스런 마당
햇살과 빨래는
시간 가는 줄 모른다.

햇살은 빨래 웃게 하고
빨래는 햇살 춤추게 하고

햇살이 빨래에게 (제주중앙초 2학년 함세리)

불후의 명작 (곽금초 6학년 김민제)

불후의 명작

비가
땅 위에 그림을 그린다.

동그랗게 동그랗게
원을 만들고
멋진 필체로
그 안에 물방울무늬 새긴다.

빗살무늬 토기보다
민무늬 토기보다
더 신비한 작품

하나 둘 셋
하루 종일 세어도
끝나지 않는
비의 그림들

화분 빌라

우리 빌라 입구 화분엔
해바라기 두 그루
쇠비름
코스모스
달개비

집 없는 영세민
모두 무료 분양한
화분 빌라

문 닫고
입 막고 사는
우리 빌라보다
훈훈하다.

화분빌라 (곽금초 2학년 전아네스)

2부

심장은 참
힘들겠다

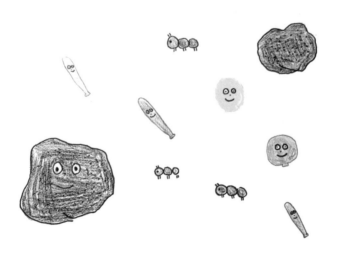

나뭇잎의 말

연둣빛 아기 잎사귀였을 때
나는 빗방울 놀이터였어요.

또르르 또르르
빗방울의 노랫소리
나도 바람과 함께
노래하고 춤추고

밤에는 별들이 내려와
연둣빛 침대 위에서
쉬다 갔지요.

바람의 힘에 못 이겨
풀잎 위에 내려오자
개미 나비 메뚜기 귀뚜라미 놀이터

나는 나를 내어 주고
차례차례 초록 물든 내 몸 갉아 먹어요.

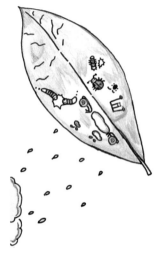

나뭇잎의 말 (제주 중앙초 5학년 김현진)

해님이 몇 번 나를 치료하지만
구멍 뻥뻥 뚫린 채
마른 갈색 몸
그래도 아프지 않아요.
외롭지 않아요.

빗방울도 메워 주고
바람도 토닥이고
구름도 잠시 내려와 쉬다 가요.

나비 날개보다 눈부신 내 몸
오늘밤엔 별들이 내려와 시를 써요.

배꼽시계

내 배 속엔
시계가 들어 있나 봐요.

아침에 눈 뜨자마자
꼬르륵

해가 중천에 와도
또 꼬르륵

해가 기울면 어김없이
꼬르륵

아마 무인도에 표류해도
시간은 잃어버리지 않을 거예요.

배꼽시계 (제주중앙초 6학년 양미영)

파리 바게트 빵집 주인

파리바게트 주인이
바뀌었나 봐요.

에펠탑 대신
전지현 언니가
문 앞에서 웃어요.

봄 여름 가을 겨울
다른 포즈로 나를 부르네요.

오늘은 화이트데이
장미꽃과 사탕 바구니
한 아름 안고 들어오라고 손짓해요.

별처럼 꽃처럼 예쁜
빵집 주인 언니

매일매일
파리바게트 빵집은
환해요.

파리바게트 빵집 주인 (제주중앙초 1학년 송가빈)

버려진 우산

비 오는 날 보았어요.
버려진 마음

아끼고 아끼던 친구
전학 가던 날
남겨진 마음처럼

달려가 껴안고 싶었지만
한발 빠른 바람 낚아채 가네요.

살 하나 빠진 우산처럼
그 친구 한쪽 다리 삐걱이거든요.

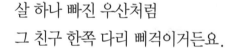

나 아닌 누군가
살 빠진 우산
고쳐 쓰면 좋겠어요.

버려진 우산 (곽금초 4학년 고경아)

아직 예쁜 빛깔 남아 있거든요,
이 세상은.

다문화 가족

엄마가
다육이와 선인장
입양했다.

다희야! 선이야!
부르면
집 안이 꽉 찬다.

사랑초 이름은 사랑이
달개비 이름은 달비
돌나물 이름은 물나
채송화 이름은 송화

작디작은 애들도
자기소개 한다.

민족이 다르다고
가족이 될 수 없는 건 아니야

엄마는 불어난 식구
토닥토닥
마음 내준다.

다문화 가족 (제주중앙초 2학년 문은빈)

베란다 반상회

오늘은
베란다 반상회 날

개나리
동백
자목련
진달래 수다는
기차처럼 이어지고

지각한 민들레
들어서자 왁자지껄

햇살 아래
꽃 주민들 모두 모여

요즘 햇살 경제로
살기 좋아졌다고
웃음꽃 함박

베란다 반상회 (곽금초 5학년 이서연)

이 좋은 봄 가기 전
행복통장에 희망 가득 저축하라고

반장인 동백꽃이
거듭거듭 부탁하네.

수련

강풍 볼라벤 지나간
뒤뜰 자그마한 연못

돌담 엎어지고
솔잎 나뭇잎 나뭇가지
연못 뒤덮어도

그 틈 빼꼼히 얼굴 내민
하얀 수련 분홍 수련
연못을 지켰네.

더 활짝 더 예쁘게
자기를 키웠네.

수련 (제주중앙초 3학년 변하윤)

태풍 따위
해일 따위
시련 따위
고까짓 것 하며
딛고 핀 꽃이라
더 예쁘다.

태풍에 픽 쓰러져 버린
소나무보다 세다.

크다고 다
일등은 아니구나.

동시 쓰기

연필 꾹꾹 눌러
시 쓴다.

아빠가 사 준 핸드폰
문자 카톡에 익숙해
엄청 힘들다.

비가 주룩주룩 내린다
그렇게 썼더니

선생님은
좀 다르게!
그림처럼 자세하게!
마음 담아서!

하늘 꽃 별
공룡 핸드폰도
생명 있다 생각해!
토해 내신다.

가만히 앉아 있다가
연필 꾹꾹 눌러
공룡도 부르고
우주선도 불러 놀았다.

그래그래
상상력과 놀아!

신이 난 선생님
시보다
더 생생한 시 같다.

동시 쓰기 (제주중앙초 4학년 고예지)

감자전

찐 감자 으깨어
계란과 섞어
만든 감자전

노릇노릇
동글동글
하늘에 뜬 달 같아요.

엄마는
감자밭 감자 캐고
나는
하늘밭 노란 달 따고

아침 밥상엔
올망졸망
산나물과 어우러진
동그라미 진수성찬

꿀꺽

침 넘어가요.

감자전 (제주중앙초 4학년 강유진)

갯메꽃

오늘도 여행객
안내하러 나왔나

효돈 모래사장
분홍 스커트 입고
방긋 웃는 문화해설사 아가씨

– 쇠소깍 유리배로 안내할까요?
– 지귀도 설화 시작할까요?
– 달콤한 서귀포 귤 맛볼래요?

푸른 하늘 푸른 바다
귤 향기 따라
여행객들 웃음 흐르고

구름 파도
유리배도 들썩들썩

오늘도 쇠소깍에서

가장 바쁜

갯메꽃 아가씨

갯메꽃 (제주중앙초 4학년 박선영)

공감

학교 가는 길목
키도 닿지 않는 높은 담벼락 끝
선인장 화분

나는 까치발로
선인장과 인사하고

선인장은 고개 늘어뜨려
나에게 손 내민다.

높은 것과 낮은 것의
화음

조금만 위로
조금만 낮게
다가가면 돼.

공감 (제주중앙초 4학년 강유진)

생각이 빗나가는 친구는
내가 맞춰 주고
몸이 비틀어진 친구도
가만히 손 내밀면
맞잡은 손으로 전해지는
체온이면 충분해.

선인장 가시에
톡, 찔리는 마음도
괜찮아 괜찮아 토닥이는
수분이면 충분해.

밑동

앉으렴, 새야
먼 길 날아와
참 힘들었겠다.

여기 너의 날개 접어
잠시 저 강의 노래 들으렴.

푸른 나뭇잎이었을 때
그늘을 떠올리렴.

단단해진 부리며
날렵해진 날개
날카로운 발톱마저도
잠시 내려놓으렴.

이 봄 눈부신 햇살에
너의 날갯죽지에 묻은 잔 먼지들
털어 내고
저 강의 노래에 귀 기울이렴.

앉으렴, 새야.

밑동 (곽금초 6학년 강지혁)

받아쓰기

봄비가 부르는 낱말
받아 적는다.

톡
토톡
톡톡톡

길바닥도
지붕도
나뭇잎도

하루 종일
받아쓰기 하는 중.

받아쓰기 (곽금초 6학년 현담비)

배려

유채꽃 침대에서
콜콜
잠든 무당벌레

낮에는
맛있는 꽃꿀이더니
밤에는
폭신한 꽃침대

무당벌레는
유채꽃 배려에
참 행복하겠다.

배려 (곽금초 1학년 오채연)

뱅어

뱀 같기도 해
미꾸라지 같기도 해
뱀장어 같기도 해.

푸른빛 반투명 몸
동해로 흐르는
하천이 집이래.

하늘 뱅뱅
물 위 뱅뱅
돌고 돌아
어지럽지도 않나.

시험 볼 때 좋겠다.
뱅글뱅글 눈 돌려도
들키지 않아
이름도
뱅어인가 봐.

뱅어 (곽금초 1학년 강현민)

심장은 참 힘들겠다

수학 점수 50점
선생님 발표에
휙 스치는 엄마 얼굴
쿵!

우리 반 짱
민지 지나가면
쿵쾅쿵쾅!

길바닥에 만 원 지폐 줍는데
힐끗 쳐다보는 돌부리
철렁!

숙제 안 한 사람
손바닥 차례 기다리며
조마조마!

심장은 참 힘들겠다.

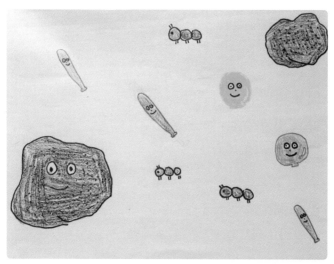

심장은 참 힘들겠다 (제주중앙초 3학년 김소정)

바위 되었다가
방망이 되고
물풍선 되었다가
개미도 되는
다중인격자

오늘은 심장을
집에 두고 나가고 싶다.
하루쯤 푹 쉬게.

고양이의 이불

햇살 아래
졸고 있는
고양이 형제

앉은 채
감았다
떴다 하는 눈

어느새 스르르
서로의 몸 위로 눕는다.

서로의 등이
서로의 집

서로의 체온이
서로의 이불

가을밤에도
겨울바람에도 끄떡없다.

고양이의 이불 (제주중앙초 5학년 김현진)

벌레의 우주

어느 날 우리 집에 온 손님
삼다수 페트병에 나뭇가지
준비해주었다.

한밤중에 일어나
유심히 들여다본
벌레의 포즈
몸이 휘어져 있다.

벌레도 운동하나?

낮에는 사람의 눈에 띌까 봐
죽은 듯 엎드려 있다가
밤이면 S자

벌레의 우주 (제주중앙초 3학년 변하윤)

어제는 꼭대기 잎
오늘은 아래쪽 잎
나무줄기 하나가
벌레의 온 우주.

송충이인지 자벌레인지
알 수 없지만
우리 집 동거인

오래오래 있어 줘!

달팽이

원고지 쓰는 법
공부하는 시간

한 칸 한 칸 글자를
정성스럽게 채운다.

한 시간 내내
땀 흘려 완성한
원고지 500칸

글자들은 어느덧
목적지에 도착했는데

달팽이는 아직도
한 칸 나뭇잎 안

언제 건너편 친구 집에
도착할 거니?

달팽이는 여전히
느릿느릿
아이들은 저마다
쯧쯧

달팽이 (곽금초 4학년 김정현)

기념식

이 옷 버려도 되지?

내가 가장 아끼던 흰 남방
애국자는 아니지만
백의민족 정신 이어받아
즐겨 입던 옷

훌쩍 자란 나
소매도 밑단도
위태위태함 참지 못한 엄마
분리수거함에
버린다고 하신다.

잠깐만요!

단추 하나, 똑

하얀 남방과 나의 이별 기념식

기념식 (제주중학년 1학년 변성현)

세일합니다

모두 모두 오세요.
깎아 드려요.
쉽지만 가지기 힘든
사랑 믿음 용서

50퍼센트 세일도 힘들다구요?
그럼 거저 드릴게요.

알면서도 멀어지는
고운 말 바른 말 일깨우는 말
한 아름 받아 가세요.

하늘에 흐르는 구름은 알아요.
끙끙대는 리어카
뒤꽁무니에서 미는 바람도 알아요.
할머니 다리 되어 줄 지팡이도
이 세상 눈물 닦아 줄 손수건도
누구나 꽃이 되는 봄

나눠 주는 사랑이
가장 예쁜 꽃이라는 걸.

모두모두 세일합니다.

지갑을 열어
50퍼센트 절망 지불하고
50퍼센트 희망 담아 가세요.

아직도 남아 있는 욕심의 절반도
0으로 낮춰 홀가분하게 살아요.

어차피
봄은 짧답니다.

세일합니다 (제주중앙초 4학년 김현지)

에어즈록

지구의 배꼽이라 불리는
세계 최대의 하나로 된 암석
호주의 붉은 사막
해 뜰 때 시시각각으로
빛깔이 변한다.

붉은 불꽃으로 타오르다
점점 어두운 보랏빛으로
변하는 불가사의

우루루라고도 불리는데
그늘이 지는 장소라는 뜻

아직도 우루루에는
에보리진 원주민 사는데
그곳을 신의 영역이라며 섬긴다.

에어즈록 (제주중앙초 1학년 양윤정)

호주는 우루루를
원주민에게 돌려주었다는데

일본은 아직도 독도를
자기네 땅이라 우긴다.

일본도 호주처럼
독도를 우리에게 깨끗이
돌려주었으면 좋겠다.

햄스터 길들이기

구멍 속에 숨어 있다가
쏘옥
쏙
얼굴 내민다.

두리번두리번
주변 살피고
킁킁 킁킁
냄새로 자기 영역
확인 후

또로록
기어 나와선 손가락에 얹은
해바라기씨 까먹는다.
상추 먹는다.

햄스터 길들이기 (신광초 5학년 강근령)

해바라기씨에
상추 잎에 묻어난
내 손가락 냄새

햄스터는
먹이인 줄 안다.
엄마인 줄 안다.

3부

매화꽃 마을

염주괴불주머니

외돌개에서 돔베낭골 가는
올레길
하늘하늘 노란 주머니 닮은 꽃

작고 노란 주머니 너무 예뻐서
내 옷에 달려고 똑, 꺾었다.

손에는 노란 꽃 대신
지독한 냄새만 묻었다.

바닷바람 이기고
공격하는 곤충들 따돌리려고
독을 달았나 보다.

예쁜 건 다 독이 있구나.

내 짝꿍 유빈이도 말 걸면
톡톡 가시만 내미는데

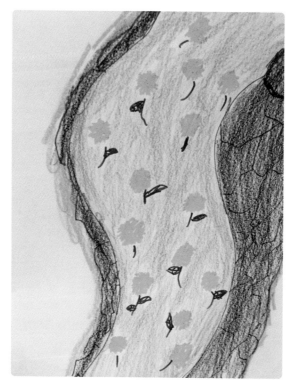

염주괴불주머니 (제주중앙초 4학년 윤형규)

돔베낭골에서 외돌개 가는 올레길
묵묵히 지키는 장한 지킴이

미안해
몰라봐서.

순비기꽃

제주 해안가 모래언덕
보랏빛 숨비기꽃

해녀 울 할머니
물질할 때
물길 밝혀 주는 등

순비기꽃 (제주중앙초 4학년 김현지)

물속 숨죽인 시간
참았던 숨
물 위로 쏟아 낸
해녀 숨비 소리
보랏빛으로 망울져
바다꽃 되었지요.

효이 효이
울 할머니 숨비 소리

할머니는 없는데
효이효이
숨비기꽃 숨비 소리.

무당벌레

꽃 따라
쑥 따라
우리 집에 온 손님

자고 일어나면
동백잎 귀퉁이 없어진다.

꿀도 먹고
잎도 먹고
작은 대나무 잎에
가지런히 똥도 싼다.

소풍 가는 곳은
주방
욕실
안방
들판에 사는 친구들은 가 보지 못한
신비한 신세계

무당벌레 (제주중앙초 3학년 김소정)

잠시 베란다로 외출하면
반가운 햇살

햇살은 어디에도 있는 거구나.

오늘은
식탁에 오도카니 앉아 있다.

오늘의 별미는
계란말이.

벚꽃과 할머니

벚꽃 아래 서면
봄눈이 쏟아질 것 같아
아 입 벌리고
두 팔 벌리고 기다린다.

저편에서
뒤뚱뒤뚱 걸어오는 할머니

"그렇게 서 있으면
사탕 떨어져 밥알 떨어져, 엉?"

못 들은 척 벚꽃 향해
예뻐, 예뻐 딴청부리면

"난 니가 이쁘디.
꽃은 져 버리면 지저분혀.
아가, 니는 봄이여
할미도 봄이고퍼."

벚꽃 한 잎 팔랑팔랑 날아와
할머니 머리 위 나비처럼 앉는다.

"할머니도 꽃처럼 예뻐요!"

벚꽃과 할머니 (곽금초 2학년 이나현)

벽화

자꾸만 낡아 가는 마을 벽에
자꾸만 그늘지는 마을 벽에
풍경이 들어선다.

달동네엔 달이 있고
꽃동네엔 꽃이 있다.

가파도* 마을 벽엔 해녀들이 있고
대평리** 마을 벽엔 소라가 있다.

서울 대전 대구 부산 최남단 제주까지
꽃과 꽃으로 나무와 나무로
춤과 춤으로 벽들이 들떠 있다.

사랑과 행복 담아
마을마다 그려진 벽화
영원히 지워지지 않을
21세기 우리나라 보물

벽화 (제주중앙초 5학년 현수민)

달동네엔 달이 둥둥
꽃동네엔 꽃이 가득.

* 제주도에 있는 섬.

** 제주도에 있는 마을 이름. '물고기 카페'가 있는 마을.

숨비나리*

제주에는
봉긋봉긋 오름도 많고
구불구불 올레길도 정답지만요.

오래 전에 사라져 버린 마을
곤을동**도 있고

물속 깊이 숨어
드러나지 않는 마을
숨비나리도 있어요.

얼마나 숨죽여 아팠을까요.
사월이 되면 비나리 비나리***
작은 굿 한답니다.

바람과 비구름과 파도
제비꽃 노란 복수초도
하늘 땅 사이 벽 뚫고

숨비 소리 휘익

징 징 징
들썩 들썩
함께 숨 쉬는 거래요.

숨비나리 (제주중앙초 4학년 한서은)

* '숨비나리'는 제주도 동광리와 상창리 중간 지점에 있는 마을로서
'숨비'는 '물속으로 자맥질하는 현상'을, '나리'는 '분지'를 말하는 제주
사투리다. 사람이 물속으로 자맥질해 들어간 것처럼 드러나지 않는
분지라는 데서 연유된 지명이다.

** '곤을동'은 화북동에 있던 마을인데 1949년 1월 4일 4.3사건으로
인해 불에 타 폐동된 마을이다.

*** '비나리'는 '비념'이라고도 불리는 작은 굿을 말하는데 '빌고 바란
다'는 기원을 의미하는 간단한 의례이다.

보목리

잘 익은 햇살 아래
워싱턴 야자수 꿈꿔요.

구두미 포구 저편
섶섬 떠오르면
제지기 오름과 손잡고
강강술래 추는 꿈

해마다 노랗게 익어 가는
귤은 분명
햇살의 아이들일 거예요.

섶섬 다녀온 갈매기들
마을 순회하며
솔향기 놓고 가면

보목리 바다
온통 푸르게 소리쳐요.

보목리 (제주중앙초 5학년 안지혁)

아이들 손엔 저마다 등 푸른 꿈
한 꾸러미 들려 있고

포구에 배 한 척
토실토실 살찐 꿈들을

바다 너머로
실어 나른답니다.

매화꽃 마을

가장 먼저 봄이 오는
휴애리*

하얗게 하얗게
분홍 분홍 분홍
매화꽃

뒤뚱 뒤뚱
방긋 방긋 방긋
아가가 걸어가면

매화가 아가인지
아가가 매화인지

지나던 벌
갸우뚱 갸우뚱

매화꽃 마을 (제주중앙초 3학년 변하윤)

산양 타조 흑돼지 말
모두 모두
두리번 두리번

모두 봄 타나 봐요.

* 서귀포에 있는 매화 마을.

보목리 사과나무

여름 한낮 폭염주의보
조용한 마을

돌담 안 귤나무는 아직
꽃봉오리도 맺지 않았는데

포구엔 배 한 척 아직
자리 잡이 나가지도 않았는데

어디에서 왔을까
사과나무 두 그루

덥지도 않은가 봐
설설 끓는 폭염에도 꿋꿋이
온몸에 연둣빛 사과 주렁주렁 달고
지나가는 사람 눈길 끈다.

사과나무는 어쩌면
보목리 응원해 주러 온
도우미일지도 몰라.

과수원 귤이 노랗게 익기 전
자리돔 튀어 오르기 전
땡볕에 시들거리는 보목리에게
사과 향기 퍼뜨리려고
어느 머언 나라에서 파견 보낸 귀한 손님

갑자기 입안에 침이 고이고
폭염도 누그러든다.

보목 마을 쉼터
달콤한 사과 향기
섶섬으로 구두미 포구로 퍼진다.

보목리 사과 나무 (곽금초 1학년 이시현)

숨비 소리

외할머니는 해녀

아무리 깊은 바다도
무서워하지 않고
잠수해서는

전복, 소라, 미역, 해삼
그물 가득 담고 와

외삼촌 이모 울 엄마
키우셨단다.

깊은 바다 헛돌다
숨 가쁘면
바다 위로
휘익휘익 내뱉던
숨비 소리

온 바다 온 돌 틈
순비기꽃으로 피었다.

외할머니 검은 해녀복 입고
온 바다 헤집어 꿈 낚으면

보랏빛 미소 띠며
박수 치던 순비기꽃.

외할머니 그리운지
모래사장 엉금엉금 기어
바다로 바다로 뿌리내린다.

휘익휘익
외할머니 숨비 소리
꽃망울에 담고서.

숨비소리 (제주중앙초 4학년 강유진)

꽃국수

꽃떡 꽃밥 꽃부침개
오늘은 꽃국수

우리 엄마는
꽃 음식 전문가

저 꽃 안에는
돌돌 말린 국수다발 계란프라이
얼음과 참기름 고추장이
꽃 위 나비처럼 예쁘게 앉아 있지.

향긋한 꽃잎과 한데 버무리면
꽃국수 완성

둘이 먹다 혼자 죽어도
모르는 꽃국수

꽃국수 (제주중앙초 4학년 김현지)

엄마는 먼저 먹어 보라고
나에게 내민다

화르르 내 안으로
들어가는 꽃국수
향긋한 꽃 냄새
엄마 냄새

솔동산 까마귀

서귀포 솔동산
소나무만 많은 줄 알았는데

키다리 삼나무도 많고
난쟁이 고사리도 많고
가시 세운 청미래도 많다.

정상에 오르자 한눈에 들어오는
서귀포
손 내밀면 잡힐 듯 가까이 있는
한라산

야호!
외치자
소나무 가지에서 졸고 있던 까마귀
깜짝 놀라 허공으로 날아간다.

솔동산 까마귀 (곽금초 3학년 김민찬)

아하,
솔동산 지킴이는
제 몸 까맣게 위장하고 버텨 사는
까마귀였구나!

정전

강정* 마을에
정전 되었어요.

눈먼 붉은발말똥게는 어디로 숨고
파도는 어디로 헤엄치고
고깃배는 어디에서 멈추나요.

구럼 구럼 구럼 울어대는
구럼비 바위
목이 다 쉬었어요.

달
별
해
꺼져서
강정은 아파요.

누가 스위치 좀 켜 주세요.

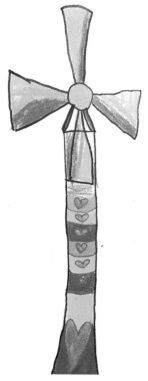

정전 (제주중앙초 1학년 김이경)

* 해군기지가 건설되고 있는 제주 서귀포시에 자리한 마을

쇠소깍에서 외돌개까지

- 올레길 6코스

물은 쇠소깍에서 외돌개로
구름은 외돌개에서 쇠소깍으로
바람이 부는 휘파람 따라 흐른다.

간혹 부딪치는 구두미 포구의 자갈돌
보목 포구의 새들마저도제지기 오름이 지키고 있다.

제비꽃 날고
유채꽃 웃던 길목마다
돌담은 수호신
쇠소깍에서 외돌개로 흐르던 물은
비로소 외돌개 아래에서 멈춘다.

외돌개에서 쇠소깍으로 흐르던 구름은
쇠소깍 사랑바위 틈에서 쉰다.
천 년 내내
만 년 내내

쇠소깍에서 외돌개까지 (제주중앙초 5학년 김현진)

자리돔

아쿠아 플라넷 제주
대형 수족관

떼 지어 꽃 이루는
고기 가족

맨 앞 대장의 지휘 아래
몰려갔다 몰려오고
몰려왔다 몰려간다.

매일 아침
울 엄마 목청에 따라
웃기도 하고
울기도 하는
우리 집 울타리처럼

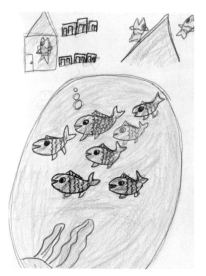

자리돔 (곽금초 2학년 홍석진)

매일매일
한라산 호령에
펼쳐졌다 접히는
제주 오름처럼

동방예의지국
세계유네스코 제주로
떼 지어 오는 세계인들처럼

우루루
우루루

우리 동네 화가

햇볕 내리쬐는 여름날
동네 골목 벽 아래
밀짚모자 뒤집어쓰고 앉아
벽화 그리는 아저씨

이마에 송글송글 맺힌 땀
손가락 사이사이 묻은 물감
제 몸은 바짝바짝 마르는데

시커먼 벽은 파란 하늘로
빈 공간엔 연둣빛 숲
그 위로 무지개 걸리고
양 타고 노는 아이들
벽은 금세 동화 세상이 된다.

더위에 허덕이던 우리 동네
아주 멋진 명작이 가득

피카소 고흐 밀레보다도
더 유명한 우리 동네 화가
밀짚모자 아저씨

우리 동네 화가 (제주중앙초 4학년 한서은)

민들레 따라갈래

오후 햇살 달려와
민들레와
숨바꼭질한다.

꼭꼭 숨어라
머리카락 보인다.

햇살은
풀밭에도 가 보고
돌 틈에도 가 보고

진달래 옆에도 가 보고
복사꽃나무 사이에 올라타 봐도

노랗던 머리카락
온데간데 없다.

햇살이 돌아서려 하자
ㅎ ㅎ ㅎ
하얗게 터지는 웃음

동그랗게 굴려서
솜사탕처럼
부풀린 민들레

나 잡아 봐라
나 잡아 봐라
바람보다 빨리 도망간다.

나도 나도
민들레 따라갈래.

민들레 따라갈래 (곽금초 3학년 이다빈)

4부

무당벌레의 꿈

제비꽃표 봄

유채꽃
변산바람꽃
양지꽃
노루귀꽃표

봄을 팝니다.

개나리
진달래
살구꽃
복사꽃표

봄을 고르세요.

양지 바른 곳
자그마한 제비꽃표 봄
저 혼자
발을 동동 구른다.

겨우 찾아온 손님
노란 나비 한 마리
앉아 보라고
보랏빛 꽃잎 펼쳤는데

어?
내가 살기엔 너무 작아

살구꽃
복사꽃
진달래꽃표 봄 쪽으로
날아가 버린다.

제비꽃표 봄은
햇살 아래 나와서 누군가를 기다린다.

제비꽃표 봄 (제주중앙초 3학년 김소정)

분홍 데이지

후 바람 불면
딸랑딸랑 울리는
종소리

누가 꽃이라 불렀을까.

내 귀에는 분명 종소리로
울리는데

해님이 톡 건드려도
딸랑딸랑

내 검지 손가락이 톡 스쳐도
딸랑딸랑

나비랑 벌이 소곤소곤 대도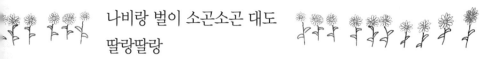
딸랑딸랑

분홍 데이지 (제주중앙초 3학년 변하윤)

누가 종을 달아 둔 걸까.

데이지 꽃밭에
멈추지 않는
분홍 종소리.

자벌레

엉금엉금 기어가던
자벌레와
딱!
눈이 마주쳤다.

겁도 없이
대적했다.

처음 보는
자벌레 앞모습
뱀 머리 모양 같았다.

두 눈은 가운데로 쏠려
피식!
웃고 말았다.

자벌레 (제주중앙초 2학년 오소연)

자벌레도 스스로
꺾지 않았다.
엉금엉금 기어가던 기억도
잊어버리고 꼿꼿이 그 자세로 있었다.

작은 벌레도 적 앞에서는
꺾임이 없나 보다.

어제 짝꿍과 싸우다
슬슬 피해 버린 겁쟁이

자벌레에게
부끄럽다.

우산

산 중에 가장 낮은 산

산은 산인데 날아다니는 산

우주의 비를 기꺼이 받아들이는 산

힘들 때 어깨동무 가르쳐 주는 산

엄마 따라 마중 나오는 산

창피한 날 숨겨 주는 고마운 산

없으면 보고 싶은 짝궁 같은 산

비 오는 날 무지갯빛 꽃이 되는 산

우산 (제주중앙초 3학년 김소정)

수세미

돌담에 활짝 핀
노란색이 노란색이
글쎄 해바라기인 줄 알고
해바라기야, 안녕?
했더니
찬바람 쌩!

벙긋거리는
노란 꽃잎이 노란 꽃잎이
글쎄 호박꽃인 줄 알고
호박꽃아, 안녕?
했더니
찬바람 쌩!

노란 꽃 지고
가지에 주렁주렁 열린 열매가
글쎄 오이인 줄 알고
오이야, 안녕?

수세미 (제주중앙초 4학년 한서은)

했더니
콧방귀 흥!

나는 말이야.
해바라기처럼 키 크지도 않아.
호박꽃처럼 넓지도 않아.
오이처럼 가늘지도 않아.

그래도
사람들에게 건강지킴이로
사랑받는
수세미라고 해.

똑바로 알아줘.

봄풀 장기자랑

모두 모두 모이세요!
장소는 들판
시간은 햇살이 가장 따스할 때

민들레 냉이 쑥 고사리
씀바귀 장기자랑

삐쭉삐쭉
한들한들
활짝활짝
들판 가득 봄풀들 뽐내네요.

심사위원 울 엄마
한 아름 집에 데려와선

봄풀 장기자랑 (제주중앙초 3학년 변하윤)

민들레는 꽃차
냉이는 국
쑥은 부침개
고사리는 무침
씀바귀는 씀바귀는 쌈

모두 모두 인삼보다 낫대요.

봄풀 장기자랑은
싱겁게 무승부

엄마,
인삼이 나아
내가 나아?

카톡

톡톡
쏟아져요.
손가락 그대로
마음 그대로
말 그대로

톡톡
사라져요.
외로움이
심심함이
따분함이

톡톡
날아가요.
산으로
바다로
세계로
싸이처럼

카톡 (곽금초 2학년 전하경)

편지보다
메일보다
전화보다
더 빠른
너와 나의
비둘기

엄마와 아빠보다
친구와 선생님보다
고마울 때가 더 많은
심리치료사

톡톡
톡톡
카톡 쏘면
마음은 하나
세계인의 공용어

무당벌레의 꿈

날고 싶어
멀리 날고 싶어

바지랑대 끝에서
숨 크게 쉰다.

여기는
꿈꾸는 탑

한 계단 한 계단
올라와
두 손 두 발 벌리고
날개깃 세우고
구름 속 하늘 끝 바라보면

닿을 수 없는
끝없이 먼
동화의 나라 같다.

무당벌레의 꿈 (제주중앙초 2학년 함세리)

이 작은 날개로
어디까지 날 수 있을까.

햇살 타고
바람 타고
꿈의 섬에 도착할 수 있을까.

아직은 흔들거리는 바지랑대
그 끝에서
다시 한 번
숨 크게 쉬고
하늘 속 우주 속
먼 꿈 그린다.

시인 할아버지

- 오순택 시인님

아이들은 참 좋겠다.
시인 할아버지가 계셔서.

아이들은 참 좋겠다.
시인 할아버지 렌즈 안에서
맘껏 춤출 수 있어서.

아이들은
시인 할아버지의
꽃
나비
구름
풍선
솜사탕

시인 할아버지 (제주중앙초 3학년 변성환)

시인 할아버지는
아이들의
우산
봄
바람
눈사람
지휘자

시인 할아버지도 좋겠다
아이들이 있어서.

복수초 봉오리

겨울 내내 땅속은
답답했을 거야.

하늘도 안 보이고
바람 한 점 없이
꽁꽁 닫힌
어둔 방

더 이상 참지 못했을 거야.

봄은 아직 소식 없고
땅속은 숨 막히고

에잇,
박차고 나온 꽃봉오리

하얀 눈이 조심스레
자리를 내준다.

복수초 봉오리 (제주중앙초 5학년 송유빈)

곧 봄이 올 거야.
봉오리가
노란 꽃 피우는 걸 보니

공주거미

얼마나 예뻤으면 이름이 공주일까

궁금증에
나무껍질 살짝 벗겨 보니

빈 대롱이
거미집

아하, 그래서 공주(空宙)

공주거미 (곽금초 3학년 이다빈)

봄까치꽃 1

먼 하늘에서
떼로 몰려와

가장 먼저
봄을 알리는
전령사

우리 집 앞마당
학교 가는 길가
산에 들에

떼거지로
모여 앉아
같이 놀자
까치 까치

봄까치꽃 1 (곽금초 2학년 전하경)

나도
끼어들어
그래그래
까치 까치

어느새
내 맘 가득
파랑 파랑
봄물 든다.

봄까치꽃 2

좋은 소식 오려나.

아침부터
공원에 몰려든
까치 떼

서로 얼굴 맞대어
무슨 계획 짜는지
속닥속닥

어제 짝꿍에게 보낸
러브 레터
답장 받게 해 주려나.

까치 떼 옆 나란히 앉아
두근두근

봄까치꽃 2 (곽금초 2학년 이현이)

봄은 벌써 도착했는데
언제쯤 올까,
너의 마음.

증표

엄마 생일날
벚꽃 길 걷다가
대뜸 멋진 왕자처럼
꽃 꺾어
엄마 손에 쥐어 주는 아빠

– 내 마음의 증표야!

– 꽃 아파요
나는 다이아몬드가 좋은데

코너에 몰리자
2라운드
나를 안아 엄마 품에 떠안기며

– 나의 증표야!

증표 (제주중앙초 3학년 조현석)

우리 집 증표, 나
어깨가 으쓱

빨간 나비

봄 햇살 유리창 틈으로
교실에 들어와 앉은
빨간 나비 한 마리

맨 앞줄에 앉았다가
맨 뒷줄로 옮겨 앉고

천장 한 바퀴 맴돌다
파란 칠판 향해 날아간다.

들판으로 착각했나?

저 혼자 신나
공중 춤으로
칠판에 쓴 글자는

봄

빨간 나비 (제주중앙초 3학년 김소정)

한 마리 두 마리
나비 떼 모여든다.

아마 교실에 방긋방긋 웃는 아이들
꽃으로 착각해서
꽃냄새 맡고 왔나 봐.

맨 앞줄에도
맨 뒷줄에도
노란 꽃 분홍 꽃
빨간 나비 하얀 나비

봄이
가− 득

산허리 무지개

하늘에서 하늘에서
미끄럼 타다가

산허리에서 산허리에서
숨바꼭질하다가

구름 속 하늘 속
집으로 가 버렸나 봐.

어떻게 어떻게
하늘까지 올라갈 수 있느냐고

어떻게 어떻게
산허리에 걸릴 수 있느냐고

물어보고 싶어
한걸음에 달려갔는데

산허리 무지개 (제주중앙초 4학년 김현지)

하늘에도
산허리에도
흔적도 없다.

어디로 갔을까.
다음에는 꼭 졸라야지
나도 함께 오르고 싶다고.

유채꽃과 무당벌레

노랑 노랑 노랑
따라가 보았더니

빨강 빨강 빨강
작은 꽃

노랑 틈에 꼭꼭 숨어 있네.

빨강 빨강 빨강
따라가 보았더니

노랑 노랑 노랑
꽃송이들

빨간 씨앗 꼭꼭 숨겨 주고 있네.

유채꽃과 무당벌레 (제주중앙초 1학년 김이경)

꿈꾸는 은행나무

누가 잘라 버렸을까
나무의 꿈

몇 백 년 한자리에 서서
수호신처럼 이 마을 지켜 왔는데

잘라 버린 물관부
더 이상 물이 통하지 않는다.
더 이상 피가 흐르지 않는다.

온몸에 무성하던
기도의 연둣빛 잎들
봄이 왔는데도
길을 잃어 오지 않는다.

앙상한 가지만 하늘 향해
망연히 뻗어 있는
불쌍한 은행나무

누가 잘라 버렸을까
나무의 꿈

봄이 오면 푸르게
가을이 오면 노랗게
물들이고 싶은 오랜 꿈

겨울을 참고 건너왔으니
은행나무는 이제
연둣빛 날개 달고

푸른 하늘 훨훨
날고 싶다.

꿈꾸는 은행나무 (곽금초 5학년 문태언)

자라가 자다가

넓은 연못 속
연꽃 피고 연꽃 지고

부들 피고 부들 진 후

물 속 깊은 곳
꼭꼭 숨어
겨울잠 자다가

햇살 부르는 소리에
어기적어기적
넓은 연잎 헤치고 나와

무거운 두 눈
끔뻑거리며
봄맞이하네요.

자라가 자다가 자다가
수중발레 하네요.

겨울잠 자던 연못도
파르르 파르르
물결무늬 일렁여요.

자라가 자다가 (양순진)

어머니의 일기장

어머니의 오래된 일기장
가만히 열면
나무 장작 타는 냄새가 난다.

채 마르지 않은 입김 모아
나무가 되려고
꾹꾹 눌러쓴 글씨

뿌리가 되고
줄기가 되고
잎이 되는 동안

할아버지 손끝에
고구마 익어 가고
할머니 느티나무 사랑
어머니 꿈나무에
대롱대롱 매달린다.

어머니의 일기장 (곽금초 4학년 이지현)

그 나뭇가지에
포르륵 날아온 파랑새
랄랄라 노래 부르다
고이 잠든다.

몰래 몰래 숨겨둔
어머니의 낡은 일기장
가만히 귀 대어 보면
나무의 숨소리가 들린다.

벚꽃눈

벚나무는 하늘인가 봐.
꽃눈을 마구마구 내려 주잖아.

새도 품어 주고
꽃도 키우는
마음 착한 하느님

봄을 겨울로 만드는
마술사

벚나무 아래
가만히 서 있으면
분홍 눈들이
나비처럼 팔랑팔랑 날아와선
향기를 주고 간다.
따뜻한 마음 놓고 간다.

할머니도
멍멍이도
한차례 맞고 간다.

벚꽃눈 (곽금초 5학년 김민주)

냉장고 수건

내 몸에 냉장고 한 대 산다.

뜨거운 열기 처들어오면
물기 뿜어 물리치고

줄줄 흐르는 땀
청소기처럼 빨아들이는 힘

목에서 팔로
팔에서 무릎으로
옮겨 다니며
나를 지켜 주는 작은 냉장고

매일매일 나는
남극을 꺼내 먹는다.

냉장고 수건 (곽금초 3학년 이주안)

5부

섬이 보이는
교실

와락

사랑한다는 말은
언제나
캔디보다
초콜릿보다
달콤하다.

매일매일
선생님은 아이들에게
아이들은 선생님께

사랑해요
사랑해요
입에서 나오는
사탕 한 알

하루에 한 번씩
와그작 깨문다.

와락
캔디보다 달콤하고
초콜릿보다 달달하고
별보다 빛나고

'사랑해요'보다
크다.

와락 (제주중앙초 4학년 한서은)

꿈꾸는 독서록

예은이 독서록엔 매일매일
꿈이 한 뼘씩 자란다.

과자로 만든 집에서
과자를 배불리 먹다가

피터팬과 날아서
꿈의 섬에 닿는다.

인어가 되어 바닷속 왕궁
노닐다

파브르가 되어
곤충을 모두 불러 모은다.

꿈꾸는 독서록 (제주중앙초 4학년 강유진)

한 장 한 장
나날이 나날이
커지는
예은이의 꿈

숲이 되고
바다가 되고
밀림이 된다.

요술 가방

책가방 열면
지겨운 교과서
연필과 지우개

토론과 더하기 빼기
그날이 그날
하품만 해요.

오늘은
깜짝 놀랐어요.

가방 안에는
교과서 대신 미미 인형이
화장품과 머리띠
꽃머리핀 가득

앞 지퍼 열면
초콜릿이 가득

요술 가방 (곽금초 2학년 김미현)

옆 지퍼엔
음악들 걸어 나오고

뒷 지퍼로
새들이 푸드덕 날아요.

책가방도
소풍 가고 싶은가 봐요.

내 마음 다 읽어 버리네요.

꿈꾸는 교실

아이들은
화분에 꼭꼭
상추 심고

선생님은
교실에 꼭꼭
꿈 심는다

상추는
파릇파릇 자라고
아이들은
분홍분홍 꿈꾸고

교실은
자라고 자라
무지개다리 놓여진
하늘과 닿는다.

꿈꾸는 교실 (곽금초 3학년 정연수)

가장 넓은 책상

수업 없는 토요일
학교 교령대 의자에 민지가 앉아 있다.

눈앞에는 손 내밀면 잡힐 듯
선생님 대신 섶섬*이 있고

넓은 운동장이 전부
민지의 책상이다.

장난꾸러기 친구들 대신
참새 떼 쫑알거리고
골치 아픈 숙제 대신
볼 간지럽히는 바람 친구들과
토론하며 시간 가는 줄 모른다.

마음 한쪽은 구두미 포구*로 달리고
노트엔 유람선 한 척
섶섬을 돌고 있다.

가장 넓은 책상 (제주중앙초 4학년 한서은)

책상은 토요일마다
민지의 꿈 고이 접어
섬 밖으로
실어 나르고 있다.

* 제주도 서귀포시 보목마을에 있는 작은 섬과 포구 이름

시 낭송

시를 노래할래요?

꽃이 피는 소리
새가 지저귀는 소리
파도가 밀려오는 소리
해님이 떠오르는 소리
나뭇잎에서 이슬이 구르는 소리

맑고 청아하게

친구에게로
풀꽃에게로
고깃배에게로
물고기에게로
손 내미는 울림

시낭송 (곽금초 4학년 홍연희)

동감의 운율로
첫 행은 별 뜨게 하고
1연은 냇물 멈추게 하고

끝 행 끝 연에
희망의 꼬리가 푸들거려요.
언제나 희망 하늘에 걸리게 해요.

시를 노래하는 일은
시어가 물고기처럼
바닷속 파닥이는 일

마음을 하늘에 띄우는 일
자연을 키우는 일
우주를 조율하는 일

그늘 교실 하늘소

여름 한낮 그늘 교실
바람 선생님 이야기에
귀 기울이는
하늘소

배꼽 잡는 이야기에
긴 더듬이 흔들고
장기자랑 시간에는
아이들 성화에
날개깃 부채처럼 펼친다.

하늘로 오르고 싶어
파르르 파르르
날개깃 펼쳐도
이내 그 자리
그늘 교실 안

아이들이
날아 봐, 날아 봐!
부추기지지만
긴 더듬이로
안 돼 안 돼, 아직은!

쉬는 시간에 잠시
햇살 운동장으로 나가
점박이 등껍질 뽐내면
와, 와!
아이들 환호성

그늘 교실 하늘소
오늘도 반 아이들에게
인기 짱!

그늘 교실 하늘소 (곽금초 6학년 김지환)

섬이 보이는 교실

교실에
바람이 앉아 있다.

어제는
바다가 와서 수업 받고

오늘은
섬이 들어와
함께 구구단 외운다.

섬이 보이는 교실 (제주중앙초 4학년 박선영)

금지어와 권장어

우리 반 교실 푸른 바다에
금지어와 권장어 산다

금지어 이름은
하기 싫어
짜증나
그만해요
안 해요

권장어 이름은
좋아요
재밌어요
더 해요
예뻐요

금지어와 권장어 (제주중앙초 4학년 한서은)

금지어가 노는 바다엔
×표 가득
권장어 노는 바다엔
○표 가득

언제부턴가
우리 반 교실 칠판 바다에는
금지어가 멸종 되고
권장어만 파닥거려요.

낚시꾼들이
금지어
모두 낚아 가 버렸나 봐요.

상상의 나무

상상의 나무엔
무엇이 열릴까?

상상의 나무엔
돈도 열리고
친구도 열리고
카메라도 열린다.

아이스크림
초콜릿도
사탕
미미인형도
주렁주렁 열린다.

별 달 해 행성도
좋아해 사랑해 고백도
피터팬 백설공주 어린왕자
책 나라 주인공도
주렁주렁 열린다.

우리의 소원 통일도
노랗게 열렸으면 좋겠다,
북한 친구들
남한 친구들 함께
매일매일 따 먹게.

상상의 나무 (제주중앙초 3학년 김소정)

용기

한 명 한 명
돌아가면서
시 낭송하는 날

늘 망설이던
희선이

손 번쩍 들고
"선생님, 저도 할래요!"

그동안 홀로
저만치에서 다진
용기

박수받는 날

용기 (제주중앙초 4학년 박선영)

종이 접기

나는 능숙한 건축가
종이로 우리 집 짓고
우리 학교 짓고
놀이동산 지어요.

나는 화초 연구가
정원 가득
장미 카네이션 매화 봉숭아
키워요.

나는 환경 지킴이
교실 가득
푸른 나무 빨간 꽃
강낭콩 줄기 하늘로 뻗어요.

종이로 만든
이 모든 세계가
제가 꿈꾸는 세계인 걸요.

종이 접기 (곽금초 5학년 전은수)

지우개

틀린 글자 지우고
한 귀퉁이 닳고

비뚤어진 글자 지우고
또 한 귀퉁이 닳고

띄어쓰기 안 된 글자 지우고
절반이 닳아도

한마디 불평하지 않는
친구

나머지 절반으로
일등 한 친구 샘내며
때 묻은 내 마음
지워 줬으면 좋겠다.

친구와 악수하던
처음의 나처럼
백지처럼
깨끗해지게

자신을 다 주고도
웃는
지우개처럼.

지우개 (제주중앙초 3학년 변하윤)

초록 잔디 운동장

숲 같아요.
금방 초록 뱀들이
솟구칠 거 같아요.

늪 같아요.
금방 악어 떼
등교할 거 같아요.

바다 같아요.
금방 고래 떼
춤출 거 같아요.

우주 같아요.
금방 해 달 별
둥둥 뜰 거 같아요.

초록 잔디 운동장 (제주중앙초 3학년 김채은)

코딱지풀

심심할 땐
손가락으로
친구를 불러요.

말랑말랑한 성격에
튕기면 날렵해져요.

외로울 때 부르면
언제든 달려오는
내 안의 친구

꼭꼭 숨어라
머리카락 보인다.
오늘도 하루 종일
숨바꼭질해요.

코딱지풀 (곽금초 3학년 장수미)

텃밭 학교

귀 기울여 봐요.
상추반 아이들
'우리나라 세운 사람은?'
독서퀴즈 해요.

귀 기울여 봐요.
오이반 아이들
'날아라 새들아 푸른 하늘을'
합창 연습해요.

귀 기울여 봐요.
고추반 아이들
'나는 후크 선장이다!'
연극 연습 해요.

텃밭학교 (곽금초 5학년 전은수)

교문 열고 들어서면
푸르게 푸르게
자라는 아이들
모두 무공해
우리나라 꿈이랍니다.

쌍둥이 토끼

은영이와 은수는 쌍둥이
도무지 구별 할 수 없다.

헤어스타일 웃는 모습 역사광
동물 좋아하는 습성도
똑같다.

동물사육장 토끼도 두 마리
도무지 구별할 수 없다.

흰 털빛 빨간 두 눈
안으려들면 쪼르르
도망치는 모습도 똑같다.

동물사육장 지킴이도
은영이와 은수다.

쌍둥이 토끼 (곽금초 2학년 이나현)

토끼 소개해 준다고
내 손 이끄는 은영이와 은수

토끼 체온처럼 따뜻한 마음
토끼 눈망울처럼 맑은 눈
자유롭게 뜀뛰기 하는 재빠른 행동파

토끼야 부르면 쌍둥이 달려오고
쌍둥아 부르면 토끼가 달려온다.

너무나 똑같아
도무지 모르겠다.

민서*

봄꽃 피었다
재잘재잘
방긋방긋
쓱싹쓱싹

봄나비 날아간다
팔랑팔랑
나풀나풀
흐느적흐느적

봄비 내린다
보슬보슬
주룩주룩
송송송송

민서 (곽금초 2학년 이다빈)

민서는
봄꽃
봄나비
봄비

우리 교실의
시인

* 제주중앙초등학교에 재학 중이며 동시를 무척 좋아하는 아이

풍차

풍차가 돌아요.
하얀 파도 달려오는
바다에 닿으려는지

풍차가 돌아요.
산 위 행글라이더 따라
쏭쏭 날고 싶은지

풍차가 돌아요.
동서남북 돌아가는
내 꿈처럼

풍차가 돌아요.
마음보다 먼저
시간보다 먼저
바람보다 빨리
회전하는 내 상상력처럼

풍차 (곽금초 3학년 김태우)

피자형 하루

열두 조각 피자
배달되었다.

소고기 감자 양파 피망
그 위에 덧뿌리는
향긋한 소스

빽빽이 그려 넣은
하루 일과표 같다.

입안에 들어간
한 조각은 친구랑 축구하기

야채 들어간 한 조각은
학교생활

파프리카 부분 학원 숙제 심부름
한입에 꿀꺽

향긋한 소스는 게임하기
먹어도 먹어도 다시 먹고 싶은
나만의 비밀

피자형 하루 (제주여자중학교 1학년 홍수빈)

화분의 상추

낡은 화분에
단단한 흙 담고

어린 상추 모종 심어

매일 아침
안녕 하고 인사한다.

물 주고
유리 창가 쏟아지는 햇빛 주고
가끔은 창 열어
바람 먹게 하고
빗물 먹게 하고

엄마처럼 농부처럼
사랑 듬뿍 주었더니

뒤뜰 심은 호박처럼
덩굴 되진 않았지만
텃밭 심은 고추처럼
주렁주렁 대가족 되진 않았지만

그 어린 것이
그 여린 것이
그 얇은 것이 자라고 자라

엄마와 농부 사랑처럼
나를 여물게 만들었다.

조그만 가슴
태평양으로 만들었다.

화분의 상추 (제주중앙초 4학년 박선영)

스프링클러

여름 해님
물컹 불덩이 삼켰나 봐요.
학교가 바짝바짝 말라 가요.

잔디가 시들시들
메꽃이 꾸벅꾸벅

운동장 아이들 비실비실
교실은 엎치락뒤치락
매미의 찢어지는 울음
학교가 시름시름 앓고 있어요.

삐용 삐용
구급차 긴급 출동!

무시무시한 왕주사 대신
어디선가 쏟아지는 분수
물뿌리개 빙글빙글 돌아요.

스프링쿨러 (곽금초 5학년 이수현)

잔디가 방긋
메꽃은 윙크 윙크
아이들은 물방울 따라
운동장 돌아요.

교실은 박수 치며 튀어 오르고
매미 댄스곡에
시들거리던 나무도 흥겨운 막춤

사십도 웃도는 열병에
시달리던 학교
금세 살아났어요.

궁금증

마주 보기만 하면
– 물어볼 거 있는데요!

숨 돌릴 틈 없이
– 물어볼 거 있는데요!

시후* 머릿 속
끊임없이 자라고 있는
궁금증의 싹

언젠가는
숲이 될 것 같다.
태산이 될 것 같다.

* 제주중앙초 1학년 아이.

궁금증 (제주중앙초 5학년 송유빈)

미래의 미래

비 오는 날
비 맞으라고
유리창 밖 내놓았던
화분을
미래*는
물끄러미 바라본다.

자그만 화분에
모종삽으로 흙 담고
고사리손으로 꾹꾹 눌러
어린 상추 심던 날
미래는 마음에도
꿈 하나 심었는데

비도 흠뻑 맞고
바람도 견뎌 내고
천둥번개도 날려 버리고
눈보라도 견뎌야
봄은 온다고

비에 젖은 아기 상추
바라보며
미래는 미래를 엿본다.

* 서귀포 보목초 아이.

미래의 미래 (제주중앙초 5학년 송유빈)

·해설· 독자들에게

이미지로 다가서는 동심의 세계를 그린 책

장영주(아동문학평론가, 한국해양아동문화연구소장)

　시인이며 아동문학가, 가정주부이며 현장에서 독서 지도를 하는 양순진 선생님은 2016년 마지막 달력의 산등성이 길목에서 동심을 잘 보여 주는 동시집 『향나무 아파트』를 세상에 내놓았다. 세상 사는 게 팍팍한 요즘, 너도나도 인터넷이다 스마트폰이다에 심취해 인정이 메말라 가고 있어 걱정이다. 이런 때 양순진 선생님의 동시집이 세상에 나와 그 이름처럼 아름다운 세상을 꿈꾸는 정겨운 이야기가 샘물 되어 솟아오르는 것을 보니 잠시나마 훈훈한 정을 느껴 본다.

　동시는 이미지로 구성된다. 현실적 감각을 직감하며 이를 상상적 이미지와 정서적 분위기를 나타내면 좋은 동시이다(장영주, 유아·아동문학의 이론과 실제, 교육과학사, 2008.). 여기서 잠깐, 좋은 동시 나쁜 동시는 없다. 그렇지만 동시가 일상을 동심이라는 사물로 형상화시키는 새로운 세계를 풀어 가면 좋은 동시다. 그러기에 양순진 선생님이 이번 세상에 얼굴을 내민 『향나무 아파트』를 이해하고 이렇게 쓴 게 좋은 동시구나 하는 이미지를 갖게 하려면 작가의 마음의 안식처를 찾아봐야 할 것이다.

1. 시각적 이미지를 잘 보고 있다

동시는 눈으로 보는 이미지로 사물의 크기, 명암, 색깔 등을 잘 보여 주어야 한다. 양순진 선생님의 동시에는 낯설지 않은 친근감이 눈으로 들어온다. 웰까? 그의 사람됨이 우리 눈에 익고 정서에 맞춘 말을 빚어내고 있기 때문이다.

가장 먼저 봄이 오는 / 휴애리 // 하얗게 하얗게 / 분홍 분홍 분홍 / 매화꽃 // 뒤뚱 뒤뚱 / 방긋 방긋 방긋 / 아가가 걸어가면 // 매화가 아가인지 / 아가가 매화인지 // 지나던 벌 / 갸우뚱 갸우뚱 // 산양 타조 흑돼지 말 / 모두 모두/ 두리번 두리번 // 모두 봄 타나 봐요.

동시 「매화꽃 마을」전문

봄이 오는 길목을 '하얗게 하얗게' '분홍 분홍 분홍' '매화꽃'이라 표현했다. '하얗게'를 두 번, '분홍'을 세 번 반복하여 행을 가름으로 그 깊이가 더해짐이 묻어난다. 자세히 살펴보면, 매화꽃이란 핵심어를 건져내려고 하얀 꽃잎에 분홍색을 덧붙여 누가 보아도 금방 알 수 있는 매화꽃의 아름다움을 시각적으로 표현함으로써 지극히 쉬운 동시어로 깨닫게 하고 있다. 정형시가 아니면서 흥얼흥얼 노래 부를 수 있는 운율을 타고 있다. 다만 최근 들어 동시인들이 자연이나 사물의 시각적 외형을 너무 미화하는 경향이 있는데, 이런 함정에서 발을 빼야 하는 마음의 여유를 가져 봄도 장래성에 직결되는 일이라 본다.

2. 청각적 이미지를 잘 듣고 있다

동심어를 보면 사물의 소리를 언어로 표현하는 기법이 뭐랄까? 순수한 정을 담고 있다고 할까? 다른 사람의 말에 귀를 기울이는 마음의 여유를 찾아본다. 그러기에 국어 교육과정에 듣기가 제일 먼저인 이유이기도 하다.

수학점수 50점 / 선생님 발표에 / 휙 스치는 엄마 얼굴 / 쿵! // 우리 반 짱 / 민지 지나가면 / 쿵쾅쿵쾅! // 길바닥에 만 원 지폐 줍는데 / 힐끗 쳐다보는 돌부리 / 철렁! // 숙제 안 한 사람 / 손바닥 차례 기다리며 / 조마조마! // 심장은 참 힘들겠다. // 바위 되었다가 방망이 되고 / 물풍선 되었다가 / 개미도 되는 / 다중인격자 // 오늘은 심장을 / 집에 두고 나가고 싶다. / 하루쯤 푹 쉬게.

동시「심장은 참 힘들겠다」 전문

심장은 어떻게 뛸까? 우리는 보통 '콩닥콩닥'거린다고 표현한다. 그러지만 양순진 선생님의 동시에서는 어떤가? 심장이 뛰는 소리를 '쿵쾅쿵쾅!', '쿵!', '철렁!', '조마조마!'로 표현하여 '바위 되었다가 방망이 되고' '물풍선 되었다가' '개미도 되는' '다중인격자'로 나타내며 심장의 역할을 나열하는 힘이 생겨난다. 심장은 한시도 쉬어선 안 된다. 아니, 쉰다는 건 죽음을 나타내는 것이기에 몸은 잠들어도 심장은 쉬지 않는다. 그런 심장을 위해 안타까움을 표현한 것이 '오늘은 심장을' '집에 두고 나가고 싶다.'로 표현하며 '하루쯤 푹 쉬게.' 하고 싶다는 소망을 표현하였다. 이 얼마나 경이로움, 즉 생명력이 끈기를 잘 나타내고 있지 않은가?

3. 촉각적 이미지를 잘 느끼고 있다.
꼭 손으로 만져 보아야만 느낌을 느끼는 건 아니다. 마음으로도 느낌을 감각적 언어로 표현 할 수 있어야 한다.

아침밥 먹고 / 세수를 한다. // 엄마가 아가에게 / 아가가 엄마에게 / 서로 씻겨 준다. // 점심밥 먹고 / 속삭인다. // 아빠가 아가에게 / 아가가 아빠에게 / 마음에서 마음으로 // 저녁밥 먹고 / 자장가 불러 준다. // 언니가 동생에게 / 동생이 오빠에게 // 사랑한다 / 믿는다 / 구석구석 핥아준다. // 우리가 악수하듯이 / 껴안 듯이 / 등 두드려 주듯이.

동시 「그루밍」 전문

촉감을 느끼려면 상당한 노력을 거쳐야 한다. 그런 과정 후에 써야 나오는 숙련된 동시다. 한 폭의 그림을 보는 건 시각적 이미지이지만 멀리서 만져 보는 느낌을 썼다면 촉감적 이미지다. 그러기에 동시에 는 궁금증이 나타난다. 내면에 나타난 촉감도 상상과 재미로 나타난다. '아침밥 먹고' '세수를 한다.' 어떤 물로? 찬물? 따뜻한 물? 양순진 동시에서는 '엄마가 아가에게' '아가가 엄마에게' '서로 씻겨 준다.'로 마음의 물로 세수한다는 묘미를 살렸다. 그 얼마나 정겨운 모습인가?

4. 후각적 이미지를 잘 맡고 있다

사물의 향기, 향취 등 냄새를 언어로 표현하는 그의 기법이 소록이 묻어난다.

층층이 향기를 달고 살아요. / 층층이 바람을 달고 살아요. // 층층이 초록 대문 / 초록 지붕 / 초록 유리창 / 손 닿는 곳마다 / 초록이 묻어나요. // 올 할머니 다녀가시면/ 할머니 머리카락도 초록으로 / 변할까요? // 우리 반 짱 서은이 질투하는 / 이 시커먼 마음도 / 초록이 될까요? // 향나무 아파트에 살게 되면 / 욕심쟁이도 / 도깨비도 / 착해질 것 같아요. // 향기에 씻겨서 / 바람에 씻겨서.

동시 「향나무 아파트」 전문

아파트에 심어진 향나무를 보고 '층층이 초록 대문' '초록 지붕' '초록 유리창' '손 닿는 곳마다' '초록이 묻어나요.'로 표현하고 있다. 향나무가 단장된 모습이 꽤나 정겹다. 아파트를 배경으로 주위에 심어진 향나무가 단장하여 향나무의 향기를 뿜고 있다. 우리는 이 동시를 읽으면 조용한 아파트를 연상하게 된다. 요즘 아파트는 자연과 더불어 살아가는 공존의 법칙을 잘 이행하고 있다. 그러기에 '향나무 아파트에 살게 되면' '욕심쟁이도' '도깨비도' '착해질 것 같아요.'로 자연과 더불어 살아가는 삶을 강조하는 묘미가 돋보인다.

5. 미각적 이미지를 맛보고 있다

동심어를 맛으로 느끼게 잘 풀어 쓴 그의 작품에서 그의 성품이 소록이 묻어난다.

찐 감자 으깨어 / 계란과 섞어 / 만든 감자전 // 노릇노릇 / 동글동글 / 하늘에 뜬 달 같아요. // 엄마는 / 감자밭 감자 캐고 / 나는 / 하늘밭 노란 달 따고 // 아침 밥상엔 / 올망졸망 / 산나물과 어우러진 / 동그라미 진수성찬 // 꿀꺽 / 침 넘어가요.

동시「감자전」전문

이 동시를 읽으면 침이 꼴깍 넘어가는 느낌을 받는다. 어쩜 이렇게 맛있게 표현했을까? '노릇노릇' '동글동글' '하늘에 뜬 달 같아요.' 이 표현을 보자. 구수한 냄새가 내 주변을 맴돌지 않는가? 동글동글로 표현되는 보름달을 연상하면 그 맛을 더 느낄 것이다.

· 에필로그 ·

생활어를 동심어와 잘 조합할 때 좋은 동시가 나타난다. 그러면 동시는 눈으로 보고 귀로 듣고 마음으로 느끼고 냄새를 맡고 맛을 느끼게 쓰는 게 핵심이다. 그러기에 동심어를 살려야 한다. 죽어 있는 동심어로는 생동감이 없다. 눈은 시각적 이미지, 귀는 청각적 이미지, 손은 촉각적 이미지, 코는 후각적 이미지, 맛은 미각적 이미지를 나타낸다(유아·아동문학의 이론과 실제, 장영주, 교육과학사, 2008.)는 데 주목해야 할 것이다.

이 동시집의 저자 양순진 선생님은 평생 살아오며 나보다는 남을 위해 봉사하는 마음이 그 누구보다 진솔하다. 그는 나눔과 베풂이 몸에 배어 있다고 할까? 그러기에 궂은일도 마다 않는 제주아동문학협회의 사무국장일도 하고 있다. 아니, 한국해양아동문화연구소라는 비영리문화법인의 제주권 회장도 맡고 있다. 이런저런 일 마다 않는 그의 성품이 바로 이 책에 잘 나타내고 있다.

한번 시작하면 마무리를 책임 있게 꾸리는 동심이라는 언어 속에 잘 녹아 있는 책이다. 아이들의 눈과 귀를 통해 마음으로 느끼고 맛을 알며 동심어를 만져 볼 수 있는 느낌을 가지고 있다. 큰 해양의 바다를 헤엄쳐 가고 아름다운 사상을, 착하게, 바르게, 건강하게, 즐겁게 살아가는 묘미를 살리고……. 푸른 하늘에 감사하고……. 신비함을 간직하고…….

동시는 동시어로 쓰인다. 알차고 진솔한 말로 그려진다. 그러기에 진솔함이란 무게는 속이 비어 있는 동시를 동심어로 가득 채워 주는 역할을 한다. 이 책에 나온 그의 믿음직함도 곁들이 동시가 좋게 보이는 이유이다. 동시는 의성어와 의태어를 비중 있게 다룬다. 눈에 그려지는 동심어가 그 몫이다. 심리를 이해하고 사랑하며 단순하며 톡톡 튀는 맛을 낸다. 그러기에 리듬을 타야 한다. 비슷한 행이나 음이 어울려져 일정한 틀을 이루어야 운율이 있다. 동시는 반복성이 있다. 반복되는 리듬은 기분이 좋으며 절로 콧노래가 나온다. 이런 모든 동심어를 오롯이 담아낸 그의 넉넉함을 이제는 여유로 남아 보길 기대하며 좀 쉬어 가는 쉼팡을 찾아보길 권한다.

동시집 『향나무 아파트』를 먼 훗날 천천히 들여다보면 뭔가 부족함을 찾을 것이다. 어떻든 동시에는 동시인의 얼굴이 묻어 나온다는 걸 명심하고 이 동시집에는 너무 서두른 모습이 시기성을 놓친 경우로 나타나는 걸 잘 인지하여 앞으로 좋은 동시를 쓰는 동시인으로의 발자취를 남기길 기대하며 이렇게 좋은 동시집을 쓰신 양순진 선생님에게 한 아름 감사와 축하의 박수를 보낸다.